KB038316

틈

*일러두기
'연체된 실패' '먼지' '깊어질수록 단순해지던 날들' '매너리즘' '그림 그리는 사치' '감정의 환절기를 겪어내며'는 2014년에 발간된 성립 에세이 『생각하는 오른손』에 수록됐던 글들입니다.

틈

초판 1쇄 인쇄 2018년 10월 17일
초판 1쇄 발행 2018년 10월 26일

지은이 성립
펴낸이 남기성
책임 편집 조혜정
디자인 그별

펴낸곳 주식회사 자화상
인쇄,제작 데이타링크
출판사등록 신고번호 제 2016-000312호
주소 서울특별시 마포구 월드컵북로 400 서울산업진흥원 201호(상암동)
대표전화 (070) 7555-9653
이메일 sung0278@naver.com

ISBN 979-11-89413-11-8 02800

이 도서의 국립중앙도서관 출판예정도서목록(CIP)은 서지정보유통지원시스템 홈페이지(http://seoji.nl.go.kr)와 국가자료공동목록시스템(http://www.nl.go.kr/kolisnet)에서 이용하실 수 있습니다.(CIP제어번호: CIP2018033068)

틈

성립 지음

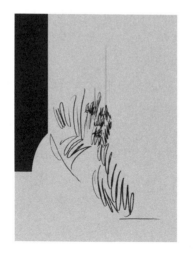

자화
상

우리는 늘 장면을 만들고 있습니다.

매일같이 사람들을 스치고 그 사이로 바람이 붑니다.
제 그림에 선과 선 사이로 상상을 입힙니다.
장면과 장면을 잇는 그 틈 사이에서 우리는 생각합니다.
그때마다 저는 글을 써 내려가고, 그림을 그려왔습니다.

그림은 선으로 그리는 것이 아니라 끊임없이 틈을 만들어
내는 것이더군요. 그런데 많은 사람들은 그 빈 공간을 두려
워합니다. 저도 그렇고요.
장면을 잇는 중이라고 생각하기로 해요. 제 삶에 틈이 없다
면 저는 딱히 할 말이 없는 걸요.

한동안 제 틈에 있던 것들을 이곳에 꺼냅니다.
이곳은 당신이 매일같이 만들어내는 장면들 사이, 틈입니다.

성립

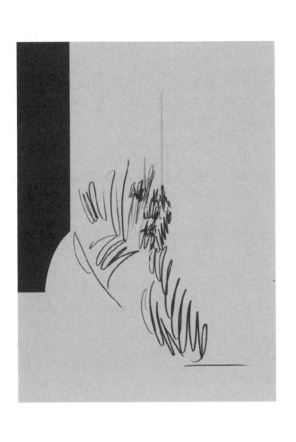

| 차례 |

마음은 자꾸만 흐려져간다.
본래 모두 그런 것 아니겠는가.

삶의 경험이 많아질수록 큰일에도 작은 일에도
무뎌진다는 것, 물론 좋은 일 같다.
연륜이 생기는 것이랄까.
근데 내가 흐려지는 것은 뭐랄까,
쌓이는 그런 연륜들에
망설임과 설렘을 잃는 것이라고 할까.

그래서 뭐가 남느냐면 망설임과 설렘 없이 시작해서
실패한 경험들이 남았다.
몇 번 그런 일들을 겪고 나니 되레 많은 것에
조심스러워졌다.

우리의 삶

우리의 삶은 반드시 우리가 즐거운 방향으로 흘러야 한다. 내가 좋아하는 취미를 즐기고, 내가 좋아하는 일을 하면서 내가 행복한 방향으로 흘러야 하지만, 그런데 그게 어디 쉬운 일이겠나.

하루에도 몇 통의 진로 고민이 담긴 메시지나 메일을 받는다. 자신이 진정 좋아하는 일을 하고 싶다든가, 실제 꿈꿨던 일들을 하고 있는데도 느껴지는 괴리 때문에 힘들다는 이야기 같은 것. 그래서 스스로가 너무 한심하게 느껴진다는 것.

쓸쓸했다. 그게 우리의 탓인가. 현실적인 부분에 부딪힐 수밖에 없다. 우리는 태어났고, 살아가야 한다. 그런데 나도 끊임없이 고민한다. 그림밖에 모르고 살았는데, 지금의 내가 정말 잘하고 있는 것인지 지금의 괴리를 좁히는 법은 무엇인지, 너무나 불안한데, 어떻게 해소해야 할지. 사실 작가가 될 수만 있다면 나는 무얼하든 다 행복하게 느껴질 것 같았다.

우리는 누구나 마음속에 어린아이를 품고 산다.
내 안에 그 어린아이는 불쑥불쑥 튀어나와 지금 내가 잘하고 있냐고 묻는다.
내가 하고 있는 것이 맞는 것이냐고 묻는다.

불안하게도 마음을 휘젓고 뛰어다닌다.

이 어린아이를 달래주는 법은 이 앞에 보이는 길이 내가 가장 즐거워하는 것이라고 설득시키는 것이었다. 양쪽에 현실적인 길이 있지만서도 내가 가장 즐거운 길로 가야 행복하겠다고 설득시키는 것이었다.
그러면 그 아이는 나보다도 먼저 그 길로 뛰어들어간다.
나는 그 아이를 따라가기만 하면 됐다.

그 무렵 지금 생각

스무 살이 지난 지 얼마 안 되었을 무렵, 나는 사람들이 부러웠다. 어떻게 저렇게 좋은 곳을 다니는지, 어떻게 차를 사는지, 나는 지금 메뉴판에서 몇백 원이 더 싼 음식을 주문하는데 말이다. 괜히 눈물이 났다. 항상 내 탓으로 여기는 버릇을 줄여야겠다 생각하면서도 실천되지 않는다. 아르바이트를 가던 240번 버스는 강북의 끝을 지나 강남으로 통한다. 나는 그 버스 안에서 차창 밖의 괴리를 애써 외면했다.

이 버스 안의 온도와 밖의 온도차를 실감했다.

왠지 서늘한 느낌이 드는 이 버스 안에서 나는 이 온도차를 눈으로 느꼈다. 가끔은 무슨 벌을 받나 싶었다. 세상은 참 무심해서 나를 헤아려주지 않았다.

내가 지치고 내 허리가 굽어 꼿꼿이 기지개를 펼 때쯤, 내가 자책을 시작할 때 즈음에 이따금씩 이 세상이, 저 밖의 세상이 나의 등을 두드리며 우리가 태어난 것이 잘못이 아니라고, 우리의 젊음은 죄가 아니라고 말해줬으면 좋겠다.

요즘 당신의 온도

요즘의 온도는 마냥 봄 같다. 조금 더 있으면 꽃도 피겠다. 날씨는 봄이라고 쳐도, 요즘 온도는 어떠한가? 봄 같은가?

"요즘의 당신의 온도는 어떠한가?"

이렇게 물었더니 이런 질문은 그동안 거의 들어보지 못했다는 대답이 돌아온다. 요즘 나의 온도는 따뜻하다. 그런데 상대의 온도가 나보다 더 뜨겁다면 내가 너무 차갑게 느껴질 테고, 그렇지 않다면 내 온기를 나눠줄 수 있겠다. 그래서 우리 지금의 온도가 서로 맞는 사람들끼리 만나야 편하겠다— 싶으면서, 나는 평소 너무 차가운 사람이더라. 나는 반드시 누군가에게 온기를 전해 받아야 살 수 있고, 작업물로써 그 온기를 나누고 있다고 생각했다.

처음 그림들을 그리기 시작하고, 작업노트를 적기 시작하면서부터 나만의 이야기라고 생각했던 것은 모두의 이야기였다.

매번 진심으로 진정성을 담아 그림을 그리고 글을 쓰니 미미하게나마 나의 온도가 많은 사람들에게 닿고 있음을 느낀다. 나의 그림과 글에 담은 작은 온기라도 가져가서, 마음이 차갑다면 부디 그 마음 녹이길 바란다고 생각했다.

너에게

아가야.

나는 너의 고요함 속에 얼마나 큰 파도가 치는지 잘 안단다.

혹여나 지금 비가 잔뜩 내려서 그 마음이 요동치더라도, 그 빗물 덕에 네가 더 깊어질 것도 알고 있단다.

우리 이 폭풍우 같은 호수에서 안간힘 쓰며 발버둥치지 말자꾸나. 깊이 잠겨 호수가 되어 있다가 비가 그치면 햇살을 보러 나오자꾸나.

넘어지고 있거나,

쏟아내고 있거나

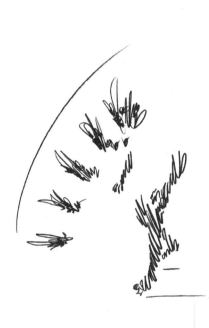

우리는 모두 외로이

늦은 밤 집에 들어갈 때마다 현관 앞에 외로이도 빛나는 등
하나에 기분이 나아진다니 비참했다.
나는 바닥에 앉아 눈물을 닦았다.
한번은 술을 마시다 그런 이야기를 나눴다.

혼자 산 지 몇 년이나 된 그녀는 빗소리에 눈물을 흘린다고,
티비 소리에 의지하고,
아침에 켜놓았던 보일러의 온기만이 자신을 맞이해준다고,
공허함은 사람만으로 채워지지 않는다고,
술 몇 잔과 대화만으로는 채울 수 없다고.

우리는 모두 외로운 사람.
외로움과 외로움이 만나 잠시 흐려질 뿐이었다.

나란히 앉아

같은 감수성을 지닌 사람과 나란히 앉아 같은 음악을 들으
며 눈물을 흘리고 싶다. 같은 영화를 보며 여운을 이야기하
고 싶었다.

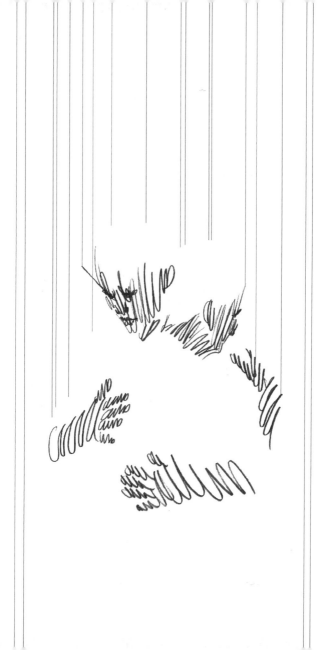

데크레센도

나아가는 관성이 자꾸만 줄어든다. 모든 것이 새로운 갓난아기 같으면 얼마나 좋으련만 나는 그렇지 않나 보다. 버스는 나를 태우고 동네 한 바퀴를 돌았다. 내가 하는 일은 오직 앉아 있는 일뿐이었다. 가만히 앉아 음악을 듣거나 창밖을 내다보았는데 움직이는 건 내 마음과 버스뿐이었다. 그리고 그저 버스가 멈출 때 이따금씩 고개가 앞으로 젖혀지는 일. 그때마다 고개를 숙이지 않으려 목에 힘을 주었다. 버스는 날 자꾸 움직이게 하려고만 하는데 나는 애써 몸에 힘을 준다.

크레셴도

오늘 아침은 물 한 잔 마시러 나가는 문이 작아 보였다.

물 한 잔이 무겁다.

하루아침에 내가 커졌을 리는 없다.

물이 찼다.

몸이 무겁지만 오랜만에 밖에 나가서 그림을 그릴 생각이다.

덕분에 탈이 난 듯하다.

덕분에 그림을 그리러 나가지 못했다.

슬픔이란 이름의 숲

내가 여기 슬픔이란 숲에 먼저 와 발자국을 남겨놓았으니,
이 숲 안에서 길을 잃거들랑 나의 발자욱을 따라 나오면 된다.
더 이상 내 발자국이 보이지 않거든 당신 옆에 내밀고 있는
내 손을 잡으면 된다.

유리벽

어렸을 때 살던 우리 집에 대한 선명한 기억이 두 가지가 있다. 하나는, 주인집에는 발코니를 개조한 온실 같은 것이 있었는데, 푸른빛이 도는 유리로 감싸진 그 발코니에는 온갖 난이나 식물들이 자라고 있었다. 사람이 드나들 공간보다도 식물들이 더 많이 메워져 있던 것을 보면 아마도 따뜻한 공간에서 키우기 위한 용도였나 보다.

나머지 기억 하나… 천둥이 치고 폭우가 오던 날, 혼자 있는 우리 집에 나무로 된 창이 열려 있었는데 그 창으로 비가 들이쳤다. 어린 내 힘으로는 그 나무 창문이 뻑뻑해 닫을 수 없었다. 마치 바깥에 있던 사람처럼 울며불며 비를 맞았다. 우리 집은 한순간에 물바다가 되었었다.

가끔은 행복하거나, 마냥 기분이 좋은 내가

낯설게 느껴질 때가 있다.

웃고 떠듦 이후에 밀려오는 허무함과 불안감.

그 기분이 두려워 즐거움들조차 지양하게 되는 것.

우울함이 만성이 된다는 것은 그런 것이었다.

행복을 지향하는 법을 잊고 지내는 것,

사소히 안 좋은 일들을 그러려니 담아두는 것,

내 고민들을 점점 주변에 털어놓지 않게 되는 것,

내가 대체 왜 우울한지 알 수조차 없게 되는 것.

만성적 우울함은 조용히 스스로를

홀로 선 나무처럼 느껴지게 한다.

돌아봄

당신은 누구와 싸우는 중인가?
사회이거나, 누군가이거나, 아니라면 스스로인가?

나는 이 사회와 싸우고 있는 줄 알았는데 사실 끊임없이 스스로와 싸우는 중인 것 같더라.
스스로 잘된 것은 사소히 인정치 못하고, 세상이 못된 것은 내 잘못으로 여기고, 자책하면서 말이다.
어쩌다 나는 세상의 가치관으로 나를 자책하게 되었던가, 내게 손 내밀어 주지도 못하고.

결핍으로부터

나는 왜 자꾸 욕심이 느는지, 왜 자꾸 담백함을 부족함이라고 느끼는지, 좋아하는 것에 의심을 품는지, 친절함에 경계를 하는지, 오늘보다 내일에 사는지, 얼굴들은 자꾸만 잊게 되는지.

그러나 나는 여전합니다. 나는 여전히 어린아이처럼 서 있습니다.

환멸

젓가락질 같은 작은 습관은 생각보다 큰 사회적 지표가 되었다.

틀린 방식으로 하던 습관에, 그러니까 다른 사람들과 다른 것은 때때로 지적으로 다가왔고 심지어 어떤 곳은 젓가락질을 면접으로 보기도 했다.

지적을 받을 때마다 나는 변명하기에 급급했고 나는 누구보다 반찬 따위를 잘 집을 수 있다는 것을 증명해야 했다. "틀린 게 아니라 다른 것 아닐까요?" 하는 말은 오답이었다. 사회가 정해놓은 정의에 내 예우를 갖추어야만 한다는 것이다. 몇 달 전 나는 나의 젓가락질을 감추는 나를 발견했고 젓가락질을 바꾸었다.

그렇게 조금씩 나는 오답을 지적할 수 있는, 쓸데없는 권력을 쥐었다. 이른바 올바른 사회가 된 것이다. 그리고 큰 환멸감을 느꼈다.

강요

카페 안에 프로젝터로 소리와 자막 없이 틀어진 영화들을
보지 않으려 한다. 혹은 술집일 수도 있겠다. 와인이나 마티
니 따위의 술들을 파는 곳.
쓸데없는 고집일 수도 있겠다. 인위적인 감수성에 취하지 않
으려는 고집.
길에는 너무 많은 음악들이 섞여 나온다. 많을 땐 동시에 다섯
가지 이상의 음악을 들을 때도 있다. 그 순간들에 배경이 되는
음악과 영화는 단순히 도구가 된다. 누군가의 예술들을 도구
로 소비하고 싶지 않았다. 쓸데없는 고집이라면 고집이다.

우리의 예술이 모두 소비되었을 때, 우리가 나아가야 할 곳
은 어디란 말인가.
우리는 우리 각자의 위치와 역할을 하는 것처럼 파생된 예
술 또한 그들이 있어야 할 자리가 있다고 생각했다.

출발선상

나는 후회가 없을 정도로 열심히 살았다. 내 앞에 있는 문제는 최대한 빠르게 해결했고, 내가 하고 싶은 일도 찾았다. 남들보다 도전 없는 삶을 살지도 않았다. 나는 도전했고, 성공과 실패도 겪었다. 성적을 줄곧 잘 받아왔고 늘 나의 통지표에는 성실하고 바르다, 라는 말이 적혀 있었다. 이제는 직업이 있고 어느 정도의 돈도 번다. 가족들을 위해 가끔은 맛있는 밥을 사는 것에 행복감도 느낀다. 그런데 왜이리 무기력할까 이제 뭔가 시작하겠다 싶을 즈음, 솔직히 나는 지쳤나 보다.

나의 출발선은 자꾸만 물러선다. 나는 계속 앞만 보고 가는데도 이윽고 출발선에서 내게서 자꾸만 멀어진다. 마침내 그 선이 내 발 앞에 왔을 때, 나는 이제 막 완주를 마친 사람처럼 지쳐 있다.

여름, 그날

2017년. 작년 여름.
한 소녀가 내 전시를 보러 왔다. 그녀는 수줍게 팬이라고 밝혔
고 우리는 이런저런 이야기를 나눴다. 그러곤 얼마 뒤에 내 클
래스를 들으러 왔던 그 아이는 몇 개의 계절이 지나던 때부터
자기의 이야기를 쓰고, 그림을 그리기 시작했나 보다.

며칠 전.
페어에서 작게나마 자신의 그림으로 채워진 부스를 만들어
지키고 있는 모습을 보았다.
작고 작게 말하던 "작가님께서 절 만드셨어요"라는 말을 듣
고 돌아서는 뒷걸음에 마음이 울컥했다.

우리 포기하지 말자.
아무도 보는 이 없더라도 그려내자.

틈에

책상 한켠에 아끼던 장식품의 색이 바래고 먼지가 수두룩해 닦아보려고 하니 너무 깊이 먼지가 내려앉아 쓸어내지도 못했다. 그래서 닦이지 않는 곳은 그대로 둔 채 그렇게 조금씩 세월을 맞았다.

잊혀지니 바래갔다. 요즈음 온전히 고민할 틈도, 내 생각들 또한 점점 옅어지니 지금 내 틈에도 먼지가 쌓이고 있는 것 같았다.

뒤에 남겨두고 가야 할 것

우리는 오늘 꿈꾸는 삶에 대해 이야기했다.

그리고 꿈꾸면 버려야 할 것들에 대해서도 이야기했다.

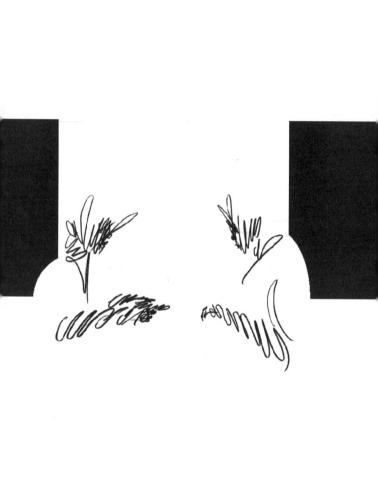

마트에 가는 일을 좋아한다. 괜스레 바쁜 사람처럼,

소비를 하거나 혹은 구경만 하더라도 좋다.

저마다 '무엇'인가를 위해 사람들은 그곳에 모이는 게

아니던가. 저마다의 목적을 가지고 그곳에 모인다.

나는 그곳에 딱히 목적은 없다.

살 것이라든가 살펴볼 것이든지 말이다.

굳이 왜 가느냐를 생각해본다면

왠지 나도 그들처럼

목적이 있는 사람처럼 보이고 싶다고 할까.

어제도 마트에 갔고 나는 오늘도 마트에 갔다.
커피 한 잔을 들고서 괜히 목적이 있는 사람처럼 말이다.
'무엇'을 애타게 찾고 있는 사람처럼 말이다.

무화과

귀갓길에 선선한 저녁 날씨가 썩 마음에 들어 동네 한 바퀴를 돌았다. 골목길을 들어갈 때 마주한 마트에서 무화과 한 박스를 사 들고 집으로 들어왔다.

과일에는 별 흥미가 없었는데, 타르트 위에 얹어진 무화과를 한 번 맛보고는 무화과 철에는 꼭 한 박스씩을 사 들고 들어온다. 올해가 두 번째 해이던가, 몇 개를 씻어 식탁 위에 올려놓고 금세 하나를 먹었다.

그해 그 타르트를 누구와 먹었더라, 생각이 무거워 고개를 숙였다. 내 손을 찾지 못해 안녕이라는 손 인사를 건네지 못했다. 덕분에 매 가을 무화과를 기다렸다.

계절을 기다릴 이유를 만들어놓았다.

취향관에서

최근에 만났던 사람은 내게 이런 이야기를 했다. 자기는 스스로를 평생 속여오면서 살아온 것 같다고, 스스로가 어떤 사람인지를 속여오면서 그 기준에 맞춰 살아오지 않았나 했다고. 아트 살롱에 참여했던 그 사람은 그림을 그릴 종이를 받아가고는 아무것도 그려오지 않았다.

"사실 아무 생각이 들지 않고, 그냥 단순히 이렇게 이곳에 앉아 있는 게 좋았어요. 모두가 그림을 그리니 괜히 나도 같이 그려야 할 것 같은 기분이 들었지만, 아무것도 생각나지 않는데 그림을 그려 그것에 대해 가짜로 이야기하는 것은 또 나를 속이고, 상대를 속이는 것 같은 기분이 들었고요."

사실 그렇다. 작업뿐만이 아니라, 모든 것에서 우리는 다른 사람들의 속도에 맞춰, 억지로 무엇인가 그려나가고 있는 것이 아닌가 했다.

최근 나의 딜레마도 그것이었다. 머리는 쉬고 싶은데 쉬어지지 않고, 몸은 계속해서 움직여야 할 것 같은 압박감. 그림을 잠시 놓고 싶어도 못 놓게 되는 것. 내게 그림은 즐거운 일인데 스스로 즐겁지 않게 만들고 있다는 생각이 들었다. 그림 수업을 할 때, 항상 사람들에게 "그림은 즐거울 만큼만 그리

세요!"라고 이야기하는데 정작 나는 그러지 못하고 있던 게
참 우습다.
잠깐 쉬어야겠다. 커피 한 잔하면서!

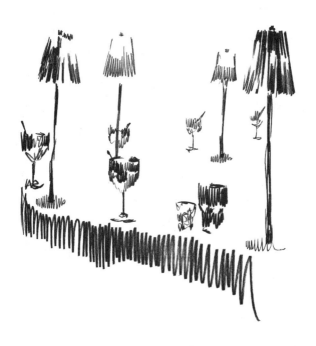

여유라는 소리의 불쾌함

여유와 나는 아직은 어색한 사이다.

여유, 여유 좋다. 그런데 이 여유라는 게 참 필요하지 않을 때 찾아오는 게 문제다. 이 친구는 찾아올 때 별 이상한 애들을 같이 데리고 왔다. 생각, 걱정, 불안이라는 것들. 나는 이것들을 보고 싶지도 않고 마주치기조차 싫어서 바쁜 척이라는 향을 피웠다. 그리고 작은 틈이라도 나면 그들은 문을 톡톡하고 두드린다.

초등학교도 들어가기 전에 이모네 집만 가면 항상 눌리던 가위를 닮았다. 누워 있는 나를 둘러싸고 웃는 사람들을 보던 가위. 그 웃음소리를 닮았다. 마치 나를 비웃는 것 같았다.

나는 틈만 나면 문을 두드리는 그 소리가 싫어서 이불을 머리끝까지 덮는다.

그리는 삶

아버지 어머니, 당신께서는 늘 아는 것이 없어 제게 그림에 대한 이야기 한번 깊이 못해 아쉽다고 하셨지요.

아시나요. 저는 제 손에 연필을 쥘 수 있는 나이부터, 벽에 손을 뻗을 수 있는 나이 때부터, 당신들이 손에 쥐어주던 크레파스를, 색연필을 기억합니다. 그때 살던 지하 단칸방, 그곳 벽지에 마음껏 그려보라고, 그리곤 박수를 쳐주던 그 모습들 하나하나를 기억합니다. 밤늦게까지 엄마의 무릎의 베고 그림을 그리던 어린 시절을 기억합니다. 그렇게 자라지 못했다면 어땠을까요.

저는 덕분에 그림을 그리는 삶을 삽니다.

잘못이라면 지금 지쳐 힘들다고 말하지 못한 것입니다.

당신께 상처를 묻지 않고

나의 말라버린 흉터를 드러내지 않은 것 입니다.

거칠어진 피딱지가 당신께 되레 상처를 낸 것입니다.

눈빛으로 물었던 질문에 침묵으로 답한 것입니다.

위와 아래

조금씩 나의 취향이 생긴다는 것은 좋은 일이다.

가장 먼저 생기는 취향은 자주 찾는 음식이 생기고, 좋아하는 음식을 어떻게 먹어야 하는지, 바지를 입을 때는 얼만큼의 기장을 좋아하는지, 어떤 색감을 선호하는지 등의 취향부터, 라고 하겠다.

최근 커피에 대한 취향이 생겼다. 섞지 않은 라테. 커피 샷이 위에 얹어져 진하게 남아 있는 그런 라테를 주문할 때는 먼저 이야기하는 것이 좋다.

"섞지 않고 주셔도 괜찮아요."

나는 커피를 받아 섞이지 않게 조심스럽게 들고가 앉는다. 졸업 후부터였으니까 아마도 3년 정도 된 것 같다. 이런 취향이 생긴 지가. 원두에는 약간의 산미가 돌아야 한다. 아마도 누군가는 신맛이 나는 커피가 웬말이냐 했다. 입에 남는 신맛은 여운을 더 길게 만들어준다.

차근차근 마셔 내려가다 보면 진한 쌉쌀함이 나는 윗부분이 남는다. 나는 그게 좋았다. 점점 진해지는 것 말이다.

사실 취향이라는 것이 생기는 것은 일종의 여유라고 할 수 있을 것 같다는 생각이 들었다. '선택지'를 갖고 있어야만

'선택'을 하며 취향을 만들어나갈 수 있을 테니까. 나에게 그동안 쌓여 있던 취향이라고 믿었던 것들은 사실 취향이라기보다는 불가피한 선택의 의한 '익숙함'이 아니었을까 한다. 선택의 여유를 갖기보다는 합리적인 최선의 선택들을 하며 당연해진 것들.

내 방 옷장에는 색이 없는 옷들이 대부분이다. 무난한 색들. 항상 무난한 선택을 하다 보니 다른 옷에 맞춰 또다시 무난한 선택을 할 수 밖에 없는 상황이다.
그렇게 내 방 옷장에는 무난한 색들이 쌓여갔나 보다.
나는 얼마 전 붉은색 재킷을 샀다.

산책

나는 자꾸만 내 존재를 증명하려 애쓰는 것 같다. 무엇 때문이든 움직여야 하고, 나는 나를 소비해야만 한다. 내가 쓸모없는 사람처럼 느껴지는 게 싫었다.

최근에 나는 혼자 산책하는 법을 배웠다. 산책하는 법을 배운다는 것도 참 우스운 말이다. 목적 없이 걷는 게 괜히 이 외로움을 크게 만드는 것 같이 느껴졌기 때문에 산책을 즐기는 편이 못 됐었는데 그나마 조금씩 걷기 시작했다는 거다.

요즘은 목표 없이 걷는 것, 혼자 걷는 것, 이야기를 하지 않고, 뭔가 이유를 생각치 않고 걷는 법을 터득하고 있다. 밤공기와 지나다니는 차를 낭만적으로 느끼려 하고, 굳이 누군가와 이야기하지 않아도 정신없이 이야기하는 기분을 느끼고 있다.

나는 왜 스스로를 증명하려고 애쓰나? 사실 그건 자존감의 문제다.

성인이 되고 나서부터는 단 한 달도 쉬지 못하고 일을 하고, 무언가 만들어낸다. 학비를 벌어 학교를 다녀야 하고, 배워야 한다. 돈을 벌어야만 나는 뒤처지지 않는다.

그냥 걷는 것은 안 된다. 나는 나를 소비해야만 한다. 아마도 이 끈을 놓아버리면 나는 저 멀리 뒤쳐져버릴 것 같다는 생각을 한다.

당시에 내게 산책은 그다지 좋은 방법은 아니었다.

나는 이 끈을 당장 놓을 필요가 있다.

늪

되레 좁은 세상에 사는 사람은 걱정이 끊이질 않는다. 살고 있는 세상이 좁을수록 오히려 걱정은 더욱 깊어진다는 말이다. 생각은 늪 같아서 머물수록 깊이 파고들 수밖에 없는 듯하다. 딱히 많은 사람을 만나지도 않고, 큰 자극 없는 삶을 사는데 왜 그리도 걱정이 많은가, 하는 것이 말이 되지 않는다는 것이다. A는 정말 생각이 정말 많은 사람이다. 생각에 딸려오는 걱정 또한 많다. 생활반경은 좁다. 집, 카페. 딱히 사회생활은 하지 않는다. 어쩌면 못하는 중이다. 만나는 사람들 또한 적다. 한곳에 머무르는 시간이 많다. 어떻게 보면 위에서 말한 늪에 서 있다. 너는 직장생활이나 일도 안 하는데 무슨 스트레스가 그렇게 많아? 밖에서 친구들 좀 만나, 따위의 말을 자주 듣는다. A라고 그렇고 싶지 않은 것은 아니다. A는 생각한다. 생각하고 걱정했다. 걱정하고, 우울했다. A는 움직일 수가 없다. 이미 발목이 늪에 묶여 있었기 때문이다.

골목길 옆 작은 가게

오래전, 아버지가 거의 평생을 해오시던 작은 가게를 폐업했을 때, 나는 그림을 지속해서 그리지 못할까 봐 두려웠다. 그리고 세상에 분노했다.

현실을 직시하고 싶지 않았던 걸까?

어렸을 땐 스스로가 영웅으로 태어난 줄 알았다.

그런데 왜 내게는 나쁜 운만 다가오는 걸까?

하지만 요즘 들어서는 작업이란 돈으로만 할 수 있는 것도 아니며, 시간으로서 만들어낼 수 있는 것이 아니라는 것도 느낀다. 그림이 참 어렵다.

나는 계속해서 따뜻한 눈으로만 세상을 보고 싶은데, 나는 자꾸만 내 눈을 잃는다. 한 꺼풀, 두 꺼풀씩 내 눈동자 위로 쌓이는 듯한 기분이 들었다.

어렵다.

습기

오래전 오후 1시 즈음, 미세한 햇볕이 드는 시간이다. 몇 센티미터 되지 않는 볕의 양이 지하 방 안에 스민다. 한 시간도 채 되지 않는 그 시간 동안 해의 온기는 방 안에 습기를 말리기에는 턱없이 부족한 시간이었다. 장마철에는 습기가 방안을 채웠다. 덕분에 비구름에 가린 해는 한동안 자취를 감췄다. 장마철 동안 방 안에 쌓인 습기는 곰팡이를 피워냈다. 곰팡이는 한번 피기 시작하면 빠르게 번져간다. 퀴퀴한 냄새를 풍기면서, 오후 1시 즈음, 미세한 햇볕이 드는 시간이다. 코에 닿는 곰팡이의 퀴퀴함은 볕을 비웃는 듯했다.

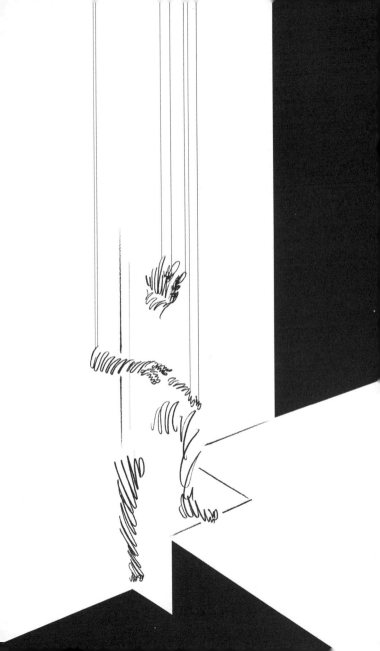

사는 일

나는 항상 모든 일에 최악을 생각하는 버릇이 있는데, 그래서 그런가 요즘 들어 느끼는 거지만 모든 일은 생각보다 괜찮더라고.

늘,
우리 너무 아등바등 살지 말자.

익숙함

클래스에 그림을 배우러 온 그 사람은, 매번 그림 수업을 할
때마다 끝날 때쯤이면 내게 그림을 맡겼다. 자신의 그림이
부족해 보이니 내게 마무리를 부탁하는 것이다. 나는 보통
10분에서 20분 정도 그림을 마무리 지어준다. 딱히 설명을
해주거나, 정답을 알려주지 않았다. 단지 그림을 좀 더 완성
도 있게 마무리 지어주는 역할을 했다. 그렇게 두어 달, 그녀
는 항상 내게 마무리를 맡겼다.

어느 정도 지났을까, 나는 마무리 짓는 일이 조금 뜸해지기
시작했다. 그녀의 실력이 늘었던 것일까. 물론 실력이야 늘
었겠다. 혼자 마무리 짓는 일도 잦아졌다. 그리고 후엔 내게
맡기는 일이 거의 없다시피 했다. 나는 단지 그녀의 실력이
스스로의 마음에 족히 채워질 만큼 늘었던 것인가 하고 생
각했다. 1년 정도 되었을 때 우리의 클래스는 끝났다. 얼마
전 다시 이야기할 기회가 있었다.

"실력 많이 늘었었죠?" 하고 물었다.

"실력이 늘었는지는 장담 못하겠어요. 그런데 그건 있어요"

"어떤 것이요?" 내가 되묻는다.

"처음엔 내가 왜 이렇게 재능이 없나 생각했어요. 너무 못 그

리는 것 같아서요. 그런데 작가님이 그림을 봐주면 정말 예쁘게 변했어요. 그래서 저는 항상 작가님께 그림을 맡겼거든요. 제 그림이 마음에 들지 않아서요.

그런데 시간이 지나고, 많은 그림을 그리다 보니 저도 제 그림에 익숙해졌어요. 물론 실력이 늘어난 것도 있겠지만 그것보다도, 제 스스로 제 그림을 좋아하게 된 것 같아요. 굳이 고치지 않고, 그대로 끝내도 좋을 것 같다는 생각을 하게 됐어요. 수업을 들으면서 가장 좋았던 점은 제 그림을 좋아하게 된 일이에요."

부딪히며

나는 20대 후반이 되어서야 겨우 허리를 펴고 걷는다.

그전엔 고개를 숙이고 땅을 보고 걸었다. 왜 땅을 보고 걷느냐, 앞 좀 보고 다녀라, 하면 그냥요, 땅에 뭐라도 걸려 넘어지면 어떡해요, 했다.

그런데, 하기야 따지고 보면 내가 걸려 넘어질 것보단 앞에서 부딪힐 게 더 많았다. 몇 번 부딪혀보니 알겠더라. 이마가 찢어지고, 어깨에 멍이 들어야 알겠더라.

나 홀로 넘어지는 일보다도 누군가에 부딪혀 얻는 상처가 더 잦다는 것을.

나는 고개를 들어 허리를 펴고 걷는다.

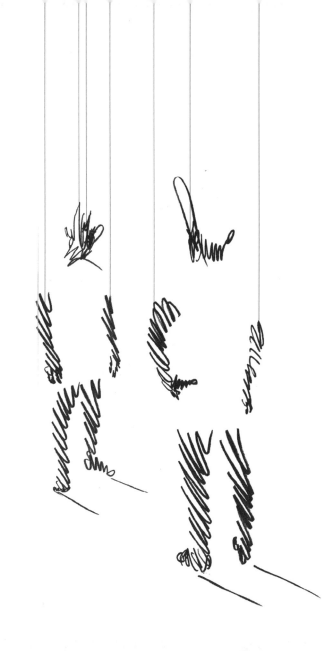

"우리는 꼭 무언가 이루어내려고
태어난 건 아니잖아,
부담 좀 덜어도 되지 않겠어?"

"이루어내도 그래.
나는 요즘 밑 빠진 독에 물 붓는 느낌이야.
작은 것들을 이루어도 아무 감흥이 없어.
나 혼자 저 끝에서 시작하는 느낌,
시작점이 다른 느낌이랄까."

"나는 괜히 조종당하는 느낌이 들어.(웃음)
내가 정말 하고 싶어서 한 게 몇이나 되겠어?"

말 한마디

"너처럼 그림만 그리는 애가 작가 안 하면 누가 작가 해?"
학부 때 친구에게 들었던 이 한마디로 나는 취업준비를 놓고 정말 대책 없이 작업만 했다. 늦게 알아챘지만 내 속에 수많은 소용돌이를 멈추어주었던 건 주변의 지지였다는 것을 알았다.
사실은 확인받고 싶었을지도 모른다. 누군가 다가와 버튼을 눌러주는 것처럼 내 속에 바람을 멈추어줬으면 좋겠다고 생각했을지도.

이루려는 의지도, 그리고 그 의지를 지지해주는 것도 서로가 마땅히 해야 할 몫이라고 생각한다.
그런 말 한마디가 나를 나로서, 너를 너로서 살게 하기 때문에.

보편성

보편적인 게 뭔지에 대해 고민한 하루를 보냈었다.

몇 달 전 대화 자리에서, 10년째 간간히 버티며 음악을 만들고 있는 형은 주변에 가까웠던 밴드들이 하나둘씩 떠나가거나, 정말로 떠버리는 걸 지켜보면서 한참이나 자기의 색에 대해 고민했다고 했다. 어느 정도의 매니아층만으로는 먹고 살 걱정이 앞서는데도, 되돌아가기엔 너무 많이 와버렸다는 것. 어영부영 할 거였으면 애초에 시작도 안 했을거니와, 이런 각오 하나 없이 시작한 것도 아니었을 거다.

너는 하고 싶은 거 하고 살래, 한 달에 100만 원 더 받고 다른 일 할래, 하는 질문에서 형을 제외하곤 모두 100만 원을 더 받는 일을 택할 거라 했는데, 글쎄- 나는 그럴 수 있었을까, 라고 스스로에게 물어본다면, 대답은 당연히 하고 싶은 일을 해야 마땅하다, 이다.

관객

내 그림에 있는 틈들 사이로 관객들이 들어오는 건 꽤나 기쁜 일이다.

굳이 모든 걸 설명하지 않아도 가끔씩 더 깊숙이 내 작업에 들어와 많은 이야기를 던지는 관객들을 만나거나, 그 틈 사이를 메꾸는 사람들을 볼 수 있다는 것은 엄청난 행운이다. 굉장히 기뻤다. 그림들 사이의 여백을 채워줌에 나는 고맙다고 답했다.

생각해보면 작업하는 일은 얼마나 큰 작업을 하며, 얼마나 많은 일을 하는지 경쟁하는 싸움이 아님을 느낀다. 안타깝게도 치열하다. 부싯돌마냥 조금이라도 긁히면 불이 붙을 것 같다. 그러나 우리 예술가들은 각자 제 자리에서 우위 없이 제 역할을 할 뿐이다. 목소리를 내고, 나의 이야기들을 던진다. 보이는 것에 치중하지 않고 대화를 나눌 입과 귀를 열고 작업하였을 때, 비로소 관객들은 다가와 자신의 이야기들을 내게 돌려주는 듯했다.

작업 노트

7년 전이던가, 가장 지쳐 있을 때 나는 처음 작업노트를 쓰기 시작했다. 어떤 이야기들을 쓸까, 어떤 기억들이 있나 하고 매일 곱씹고 그림을 그렸다.

쓰면 쓸수록 그다지 좋지 않은 기억들을 적고, 회색빛의 글들을 쓰는 스스로를 보았다. 글들이 많아지고 그림이 쌓일수록 주변의 껄끄러움을 느꼈다. 부정적이었는데, 좋지 못한 기억들과 어두운 생각들은 그다지 보기 좋은 소재는 아니었겠지.

내게 털어버리고 지금을 살자 해도 솔직히 내 자신을 훌훌 털고 싶지도, 굳이 잊고 살고 싶지도 않았다. 어떻게 내 저 밑에 깔린 기억들을 안 좋은 것들이라 단정 짓겠나. 따지자면 내 탓도 아닌 걸.

오랫동안 생각들을 옮기고, 기억들을 꺼내보다 보니, 이제 내가 어떤 사람인지 너무도 잘 안다(생각보다 내가 강한 사람인 것 같다고 또한 느꼈다).

지금 쌓여 있는 작업물을 볼 때마다 좋지 못한 기억으로 남은 일은 이제 없는 것 같다…는 생각이 얼마 전에 들었다.

누군가 물었던 우울한 기억을 어떻게 극복해야 할까요, 에 대한 답변.

어찌됐든 잘 되겠지.

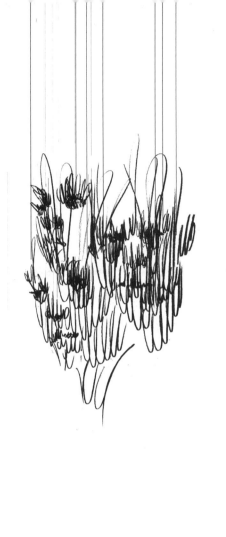

간밤

어젯밤에는 종이 울렸다. 새해를 알리는 종이었다. 마치는 종, 시작하는 종.

예년 같았으면 텔레비전을 켜고 종소리라도 들을 걸 그러질 못했다. 그저 11시부터 12시 30분까지 잠을 잤다. 붉게 충혈된 눈을 비비며 눈을 떴을 땐 이미 새해가 되어 있었다. 아마도 내 기억 안에서는 처음 있는 일이다. 가족들은 옥상이라도 올라가 불꽃놀이를 구경한 모양이다. 새해 복 많이 받으시라 덕담을 몇 마디 나눴는데 괜히 속상한 기분이 든다.

솔직히 나 홀로 무뎌졌다. 한 해가 가고, 한 해가 오는 것에.

그게 오직 해뿐이겠느냐, 점점 무뎌진다.

벌써부터 이런 것에 무뎌진다는 것이 조금 기가 찬다. 매년 이뤄낼 목표들이 사실 조금씩 작아진다. 작아지는 만큼 나의 새해 또한 의미 절하되었다. 이번 해에도 바퀴가 작은 나의 자전거의 페달을 쉬지 않고 밟아야 하는 게 되레 힘이 빠지기도 했다.

쉼

주저앉았나.

일어나는 법은 주저앉는 법의 역순이다.

나는 잠시 쉬었다가 일어나기로 했다.

70.

보고싶은 나의 친구야

네가 그리던 세상은 어떤 세상이었는지

꿈에서라도

내게 말해 주었으면 좋겠다.

네가 그리던 세상에 살고 있는지,

내가 네가 원하고 간 그 세상, 눈이 간족할까

너를 만날 때 잔뜩 이야기 하고, 보여주었으면 좋겠다.

나는 가끔 아름다운 장면을 보면 너 생각이 난다.

꿈은 너무 무겁지, 나도 꿈을 꿔보니 알겠다.

꿈을 짊어지기 너무 힘들었던 것도,

언어컨 나는 바다를 보러 다녀봤다.

늘 내가 보며 살던 바다를.

꿈을 꿀때도,

꾸지 않는 때도 창밖으로 항상 보이던 바다.

사실 나는 모른다.
어떤 마음으로 바다를 바라보았을지,

다음 생에는 새로 태어나
더 높은 곳에서 바다를 바라보라.

우리는 이 세상에 너무 작은 존재로 태어나
알아채지도 못하는 사이에 이 세상이 되어 버렸다.

나는 네가 스며든 세상에서
매일 곁에 너를 그리워한다.

부디 너의 명복을 바란다.

　　　　　　　　　　너의 친구,
　　　　　　　　　　2017년 겨울.

몽중에

정신을 차려보니 칠흑 같은 어둠이다. 이 밤은 고요한데
도, 주변의 소리가 유독 크게 들렸다 성가실 만큼. 나는 집중
하고 있었다. 한껏 예민해진 채로 더 신경을 곤두세웠다. 너
무 깜깜해서 주위도 보지 못하고 더듬더듬, 어둡고, 조용하
니 생각과 시야는 좁아진다. 조심히 발을 딛었는데 허공이
다. 나는 겨우 중심을 잡는다. 뭐지 아, 내가 외줄 위에 서 있
구나.

잠겨 있는 비상구

최근 한 달간 다섯 개의 작업을 마감했다.
길게는 하루에 12시간을 작업하면서, 쌓여가는 그림들을 보아도 나는 앞이 보이지 않는다.
나는 언제까지 그림 그릴 수 있을까?

막막하다 사실, 정해진 것 없이 흘러가는 것들이.
내 속도는 느려서 누구도 좇을 수 없었다.
아니, 지금 내가 갇혀 있나? 하는 생각이 들었다.
나는 우물 안에서 하늘만 바라보는 건가?

누구나 속에는 나침반을 품고 있는 듯하다. 나 또한 그러니깐.
나침반 속에 갇혀 있는 바늘은 앞을 볼 수 없었다.
이따금 고개를 들어 하늘을 볼 뿐,
움직이지도 않고 마냥 한 방향만 가리킬 뿐.

모르겠다.
나는 내 안에 나침반이 가리키는 곳을 따라가는 중인가 보다.
앞이 보이지 않지만 가끔 하늘을 보면서,
그냥 내 안에 바늘을 믿으면서.

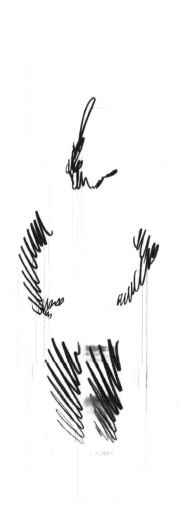

2년 6개월

나는 요즘 가장 바쁜 날들을 보내고 있다. 동시에 너무 많은 프로젝트를 하고 있어서 그런가 보다. 사람들이 깨어 있을 땐 밖에 나와 사람들을 구경하고, 글을 쓰기도 하고 책도 읽는다. 오늘은 보고 싶은 영화가 있어서 맨 뒷자리를 예매해 놓았다. 그렇게 여유 없는 삶은 아니다. 해가 지고 사람들이 쉴 때 즈음 작업을 시작하려 책상 앞에 앉는다. 그렇게 고요한 밤에 그림을 그리고, 하루 동안 받은 영감들을 정리하고 해가 뜨면 제 하루가 마무리된다, 요즘은.

나는 꼭 대단한 삶을 살고 싶다고 생각했다. 저기 커다란 산 꼭대기에 꼭 올라가고 싶다고,
그 탓에 내가 너무 낮은 곳에 있는 것 같다는 생각을 했다.
그래서 길을 따라 그 꼭대기만 보고 가는데, 갑자기 길을 벗어나서 초원을 걷는 느낌이 들었다.
앞에는 딱히 뭔가 보이지 않고 뒤를 돌아봐도 내가 걸어온 발자국밖에 보이지 않는 것같이.
2년 6개월이 딱 되었다, 졸업하고 작가생활을 한 지. 허허벌판을 참 많이도 걸었다. 발자국도 꽤 길어진 것 같고.
이제는 꼭 보이는 곳을 따라가는 것이 아니라 바람을 따라

가보아도 좋을 것 같다는 생각이 들었다.

그래서 나는 한번 따라가보기로 했다. 바람이 부는 쪽으로.

꼭 대단한 목표를 세워야 할까? 전혀.

나는 이제 크게 불안하지 않은 걸 보니 이 생활에 많이 적응했나 보다.

이제는 제 손을 믿는 걸까? 많이 내려놓은 걸까?

늘 불안, 우울, 불투명한 미래에 관한 생각을 했다.

나는 항상 최악을 생각하는 버릇이 있다고 했었는데, 항상 생각했던 것보단 괜찮았다고 말한 적이 있다.

앞에 아무것도 보이지 않고 막막하다면, 다시 한번 느껴보아야겠다.

내 옆으로 바람이 불고 있지 않은지.

속이 부러진 연필

떨어진 연필 혹은 불량품.

속을 다친 연필은 심 마디마디가 부러져버렸다.

겉으로는 새 연필인 그것을 깎아 쓰려고 치면 자꾸만 속에서 부러진 연필심이 떨어져 나온다. 도무지 깎아 쓸 수 없는 상태인 것이다.

나는 연필을 깎으면서 연필이 이만큼이나 기니까, 깎다 보면 온전한 연필심이 나올 거라 믿는다. 그래서 계속해서 깎아낸다. 그리고 깎아낼수록 책상에는 부러진 연필심들과 깎인 나무들만이 수북하게 쌓인다. 참 골고루도 부러져 있다.

너무도 당연히 새 연필이라고 생각하고 샀던 연필은 단 한 번도 쓰이지 못하는 연필이었다. 조금 억울한 면은 있다. 아무도 몰랐으리라.

연필을 끝까지 깎아내며 그런 생각이 들었다. 차라리 연필을 깎지 않았으면 더 온전한 것이었을까?

부러진 마디마디를 깎아 드러내지 않았다면 깨끗한 새 연필인 양 자리를 지키고 있었을까. 상처는 드러내지 않는 편이 더 좋을 때가 있는 걸까.

나는

너를 만나고 집에 돌아오는 길에
눈물을 흘린 적이 있다.
우리가 너무 안쓰러워서.

나는 집에 들어가지 않고 동네 한바퀴를 돈다.

우린 함께일 때도 왜이리 외로운 걸까?
원래 이렇게 겉도는 걸까?

아니, 나는 왜이리 외로운 걸까?
나는 왜 외로움밖에 가진 것이 없어서
외로움밖에 쥐어주지 못하는 걸까?

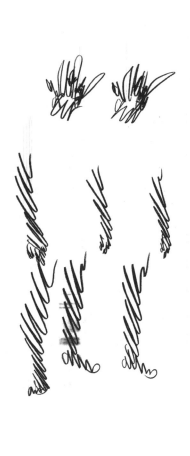

연체된 실패

어느 날 오랜만에 만난 수영 씨는 최근 연체했던 실패들을 이제야 겪고 있는 중이라 했다.

사실은 매일같이 부딪히며 살아오고, 지금 앞에 있는 실패들은 언제나 뜻밖이다. 우리가 그동안 안일하게 살아왔던 걸까?

글쎄. 어쩌면 누구나 겪어야 할 실패의 양이 정해져 있는지도 모르겠다. 사소한 실패들은 늘 사람들의 곁에 있다. 메일로 보낸 이력서들이 마감된 지 몇 주가 지나도 읽히지 않은 것도, 오랫동안 해온 긴 연애가 허무하게 실패로 끝나게 되는 모습도, 여러 이유로 결국 실패로 돌아간 유학의 꿈을 안고 있는 모습도, 졸업 후에 마치 학교에서 사회로 버려진 것 같은 막연한 모습도 그러하다.

소설가 에리카 종은 "누구나 재능은 있다. 드문 것은 그 재능이 이끄는 암흑 속으로 들어가는 것이다."라고 했다.

어차피 우리는 각오하고 재능이 이끌고 있는 암흑 속으로 들어왔고 그 어두컴컴한 곳에서 빛을 찾는 중일 거다.

먼지

5년 전쯤 처음 샀던 노트북 액정에 먼지가 하나 들어갔는데, 한참 눈에 거슬려하면서도 빼지 못하고 몇 주가 지났었다. 그러다 언젠가 한번은 그 먼지를 빼고 싶은 마음에 액정을 분해하다 유리를 깨먹었다.

겨우 먼지 하나 있는 거 못 견디고 이 사달이 났을까 자책했는데, 지나고 보니 알겠다. 그땐 그 먼지 하나가 돌덩이보다 크게 느껴졌을 거라고, 지금은 아예 노트북을 쓰지도 못하게 됐지만, 아쉬워도 분명 그땐 안 뜯고 못 배겼을 거라고.

생각하는 것보다 나의 시야는 좁고, 내가 사는 세상도 좁았기 때문에, 작은 일도 쉬이 넘기지 못했다. 사실 그렇지 않은가. 유치원을 다니던 시절엔 유치원이 내 세상의 전부이고, 사춘기 때에는 친구들 일만큼 신경 쓰이는 문제도 없다. 내 세상은 좁았고, 좁고, 좁다. 어느 순간 문득 깨달았다. 유리를 깨는 거친 방법이라도 우리는 그러면서 성숙하는 거라고. 그러곤 지금의 먼지들을 더 작게 보려는 습관을 새로 들이기로 했다.

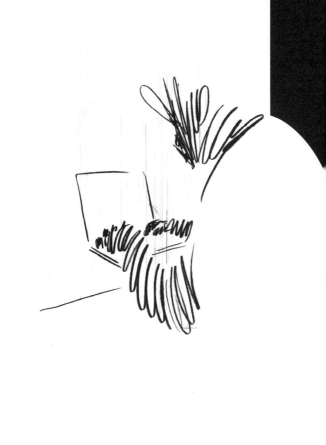

나를 제외한 모두가 앞서 나가고 있다는 생각이 들 때,

내가 멈춰 있다는 생각이 들 때,

그러니깐 나는 너무 많은 물감에 젖어버린

그림을 말리는 중이라고 하겠다.

흥건한 물 위로 많은 색들이 번지고 있는 중이라고 하겠다.

말라버린 수많은 색 위에 다음 색을 칠할 준비를 하는 중이라

애쓴 변명을 하겠다.

깊어질수록 단순해지던 날들

빛으로 태어난 줄 알았으나 자주 색을 잃곤 한다.

깊어질수록 그렇게 단색으로 변해갔다.

몸에서 베어 나온 색은 늘 밝았으나 곧 서로가 섞일수록 탁해져 무채색이 되고 만다.

우리는 그러므로 빛이 아니다. 진득한 물감이며 반짝이고 사라지지 않는다. 진한 자국을 남기고 뒤섞이며, 지워지지 않는다.

깊어질수록 단순해진다는 건 색을 잃는다는 것이 아니라 진해지고 깊어지는 것이다.

우리의 색이 어둡다는 것은 더욱 진한 자국을 남길 수 있다는 의미다.

매너리즘

매일같이 비슷한 선들을 긋는다. 굴곡 없는 직선을 그었다. 그림 그리는 일이 너무나 익숙해지는 바람에 이제는 별다른 감정 없이 그어대는 모양이 되어버렸다.

사실 때때로 작은 굴곡이라도 하나 생길 것 같으면 피해버린다. 내게는 방어기제 같은 것이 생겨버려서 두려워지는 일도 점점 더 는다. 두려워하는 삶.

매일매일을 긋다 뒤돌아보았을 때, 내 뒤로 옅어져버린 선들이 놓여 있는 것을 발견하곤 했다. 곧 사라질 것만 같이 옅어져버린 선. 그리고 스미는 확신의 부재.

길기도 길어진 선을 생각했다. 그 와중에는 잠시 두 줄로 뻗치기도 했고, 이내 다른 방향으로 사라져버리기도 했다. 많은 걸 시도했고, 실패했고, 이루었다.

나는 얽히고설켰다.

그림 그리는 사치

2013년의 기록.

어른 두 명만 서도 꽉 차는, 다 깨진 아스팔트 길. 그 길 양옆에 희미한 가로등과, 차들로 다 막혀 있던 골목길. 어릴 적살던 그 길은 아이들에게 지름길로 불렸다. 지름길. 난 지름길의 뜻을 몰랐기에 '기름길'인 줄로만 알았는데, 그 기름길에서 미술학원으로 가는 길이 참 좋았다.

2013년의 나는 별거 아니다. 뒤늦게나마 취직 걱정, 앞으로어떻게 사나 하는 걱정에, 혹은 주변의 기대에 부흥하기 위해 영어 공부 정도만 했다 할까. 더 한 게 있다면 정말 하고싶지 않았던 미래 계획과 다짐. 또 내 욕심을 채우기 위함이아닌 '내일과 다음 달'을 살기 위해 아이들을 가르치는 일,장학금 선발 실패에 대비한 아르바이트들, 친구들과 함께 준비한 크지도 작지도 않은 공모전들… 이렇게 돌아보니 나도참 요즘 사람처럼 지냈다. 일 마치고, 학원이 끝난 뒤 집에도착해서, 가족과 인사도 하는 둥 마는 둥 얼버무리게 되고방에 들어와서는 옷 갈아입고 가방을 정리하고, 휴대폰 배터리를 충전시키고 양말을 빨래통에 넣고, 샤워를 하고 허기를달래고.

그렇게 별거 아닌 것들이 지겨웠다.

아직 꾸준히 그림을 그리고 있다는 것과 일기를 쓴다는 것. 이 두 가지가 그나마 내가 조금은 잘 지내고 있다고 생각케 했다. 어렸을 때는 그림 그리는 것이 꿈이고 취미고 특기였는데 어쩌면 그림 그리는 것이 이제는 사치라고 느껴지는 게 서글펐다.

감정의 환절기를 겪어내며

추적추적 내리는 비에 우리는 여름이 온 줄 착각하기도 하고,
일교차에 하루에도 겨울인지 봄인지 헷갈려하며, 그렇게 늘
순간의 감정들이 진심인 줄 착각하기도 한다.
봄은 지나고 여름은 온다. 착각과는 별개로. 순간들처럼.
그러니 우리는 오롯이 지금을 살면 된다. 미래에 살 필요도
걱정할 필요도 없다.
이 사람 저 사람 묻혀서 그냥 지금을 살면 된다.

2019
CALENDAR

01 January

```
          1  2  3  4  5
 6  7  8  9 10 11 12
13 14 15 16  1  18 19
20 21 22 23 24 25 26
27 28 29 30 31
```

02 February

```
                   1  2
 3  4  5  6  7  8  9
10 11 12 13 14 15 16
17 18 19 20 21 22 23
24 25 26 27 28
```

03 March

```
                   1  2
 3  4  5  6  7  8  9
10 11 12 13 14 15 16
17 18 19 20 21 22 23
24 25 26 27 28 29 30
31
```

04 April

```
 1  2  3  4  5  6
 7  8  9 10 11 12 13
14 15 16 17 18 19 20
21 22 23 24 25 26 27
28 29 30
```

05 May

```
          1  2  3  4
 5  6  7  8  9 10 11
12 13 14 15 16 17 18
19 20 21 22 23 24 25
26 27 28 29 30 31
```

06 June

```
                      1
 2  3  4  5  6  7  8
 9 10 11 12 13 14 15
16 17 18 19 20 21 22
23 24 25 26 27 28 29
30
```

07 July

```
 1  2  3  4  5  6
 7  8  9 10 11 12 13
14 15 16 17 18 19 20
21 22 23 24 25 26 27
28 29 30 31
```

08 August

```
             1  2  3
 4  5  6  7  8  9 10
11 12 13 14 15 16 17
18 19 20 21 22 23 24
25 26 27 28 29 30 31
```

09 September

```
 1  2  3  4  5  6  7
 8  9 10 11 12 13 14
15 16 17 18 19 20 21
22 23 24 25 26 27 28
29 30
```

10 October

```
          1  2  3  4  5
 6  7  8  9 10 11 12
13 14 15 16 17 18 19
20 21 22 23 24 25 26
27 28 29 30 31
```

11 November

```
                   1  2
 3  4  5  6  7  8  9
10 11 12 13 14 15 16
17 18 19 20 21 22 23
24 25 26 27 28 29 30
```

12 December

```
 1  2  3  4  5  6  7
 8  9 10 11 12 13 14
15 16 17 18 19 20 21
22 23 24 25 26 27 28
29 30 31
```

2020
CALENDAR

---

01 January

			1	2	3	4
5	6	7	8	9	10	11
12	13	14	15	16	17	18
19	20	21	22	23	24	25
26	27	28	29	30	31	

02 February

						1
2	3	4	5	6	7	8
9	10	11	12	13	14	15
16	17	18	19	20	21	22
23	24	25	26	27	28	29

03 March

1	2	3	4	5	6	7
8	9	10	11	12	13	14
15	16	17	18	19	20	21
22	23	24	25	26	27	28
29	30	31				

04 April

			1	2	3	4
5	6	7	8	9	10	11
12	13	14	15	16	17	18
19	20	21	22	23	24	25
26	27	28	29	30		

05 May

					1	2
3	4	5	6	7	8	9
10	11	12	13	14	15	16
17	18	19	20	21	22	23
24	25	26	27	28	29	30
31						

06 June

	1	2	3	4	5	6
7	8	9	10	11	12	13
14	15	16	17	18	19	20
21	22	23	24	25	26	27
28	29	30				

07 July

			1	2	3	4
5	6	7	8	9	10	11
12	13	14	15	16	17	18
19	20	21	22	23	24	25
26	27	28	29	30	31	

08 August

						1
2	3	4	5	6	7	8
9	10	11	12	13	14	15
16	17	18	19	20	21	22
23	24	25	26	27	28	29
30	31					

09 September

		1	2	3	4	5
6	7	8	9	10	11	12
13	14	15	16	17	18	19
20	21	22	23	24	25	26
27	28	29	30			

10 October

				1	2	3
4	5	6	7	8	9	10
11	12	13	14	15	16	17
18	19	20	21	22	23	24
25	26	27	28	29	30	31

11 November

1	2	3	4	5	6	7
8	9	10	11	12	13	14
15	16	17	18	19	20	21
22	23	24	25	26	27	28
29	30					

12 December

		1	2	3	4	5
6	7	8	9	10	11	12
13	14	15	16	17	18	19
20	21	22	23	24	25	26
27	28	29	30	31		

YEARLY PLAN

01 January	02 February	03 March	04 April	05 May	06 June
1	1	1	1	1	1
2	2	2	2	2	2
3	3	3	3	3	3
4	4	4	4	4	4
5	5	5	5	5	5
6	6	6	6	6	6
7	7	7	7	7	7
8	8	8	8	8	8
9	9	9	9	9	9
10	10	10	10	10	10
11	11	11	11	11	11
12	12	12	12	12	12
13	13	13	13	13	13
14	14	14	14	14	14
15	15	15	15	15	15
16	16	16	16	16	16
17	17	17	17	17	17
18	18	18	18	18	18
19	19	19	19	19	19
20	20	20	20	20	20
21	21	21	21	21	21
22	22	22	22	22	22
23	23	23	23	23	23
24	24	24	24	24	24
25	25	25	25	25	25
26	26	26	26	26	26
27	27	27	27	27	27
28	28	28	28	28	28
29		29	29	29	29
30		30	30	30	30
31		31		31	

07 July	08 August	09 September	10 October	11 November	12 December
1	1	1	1	1	1
2	2	2	2	2	2
3	3	3	3	3	3
4	4	4	4	4	4
5	5	5	5	5	5
6	6	6	6	6	6
7	7	7	7	7	7
8	8	8	8	8	8
9	9	9	9	9	9
10	10	10	10	10	10
11	11	11	11	11	11
12	12	12	12	12	12
13	13	13	13	13	13
14	14	14	14	14	14
15	15	15	15	15	15
16	16	16	16	16	16
17	17	17	17	17	17
18	18	18	18	18	18
19	19	19	19	19	19
20	20	20	20	20	20
21	21	21	21	21	21
22	22	22	22	22	22
23	23	23	23	23	23
24	24	24	24	24	24
25	25	25	25	25	25
26	26	26	26	26	26
27	27	27	27	27	27
28	28	28	28	28	28
29	29	29	29	29	29
30	30	30	30	30	30
31	31		31		31

MONTHLY PLAN

1 2 3 4 5 6 7 8 9 10 11 12

MEMO	SUN	MON	TUE

WED	THU	FRI	SAT

1 2 3 4 5 6 7 8 9 10 11 12

MEMO	SUN	MON	TUE

WED	THU	FRI	SAT

1 2 3 4 5 6 7 8 9 10 11 12

MEMO	SUN	MON	TUE

WED	THU	FRI	SAT

1 2 3 4 5 6 7 8 9 10 11 12

MEMO	SUN	MON	TUE

WED	THU	FRI	SAT

1 2 3 4 5 6 7 8 9 10 11 12

MEMO	SUN	MON	TUE

WED	THU	FRI	SAT

1 2 3 4 5 6 7 8 9 10 11 12

MEMO	SUN	MON	TUE

WED	THU	FRI	SAT

1 2 3 4 5 6 7 8 9 10 11 12

MEMO	SUN	MON	TUE

WED	THU	FRI	SAT

1 2 3 4 5 6 7 8 9 10 11 12

MEMO	SUN	MON	TUE

WED	THU	FRI	SAT

1 2 3 4 5 6 7 8 9 10 11 12

MEMO	SUN	MON	TUE

WED	THU	FRI	SAT

1 2 3 4 5 6 7 8 9 10 11 12

MEMO	SUN	MON	TUE

WED	THU	FRI	SAT

1 2 3 4 5 6 7 8 9 10 11 12

MEMO	SUN	MON	TUE

WED	THU	FRI	SAT

1 2 3 4 5 6 7 8 9 10 11 12

MEMO	SUN	MON	TUE

WED	THU	FRI	SAT

1 2 3 4 5 6 7 8 9 10 11 12

MEMO	SUN	MON	TUE

WED	THU	FRI	SAT

WEEKLY PLAN

MON

TUE

WED

THU

FRI

AT

JN

EMO

MON

TUE

WED

THU

FRI

SAT

.

SUN

MEMO

MON

TUE

WED

THU

FRI

AT

UN

EMO

MON

TUE

WED

THU

FRI

AT

UN

EMO

MON

TUE

WED

THU

FRI

SAT

UN

EMO

MON

TUE

WED

THU

FRI

AT

JN

MO

MON

TUE

WED

THU

FRI

AT

JN

:MO

MON

TUE

WED

THU

FRI

AT

UN

EMO

MON

TUE

WED

THU

FRI

AT

JN

MO

MON

TUE

WED

THU

FRI

SAT

SUN

MEMO

MON

TUE

WED

THU

FRI

SAT

SUN

MEMO

MON

TUE

WED

THU

FRI

AT

UN

EMO

MON

TUE

WED

THU

FRI

SAT

UN

EMO

MON

TUE

WED

THU

FRI

AT

JN

MO

MON

TUE

WED

THU

FRI

AT

JN

MO

MON

TUE

WED

THU

FRI

AT

UN

EMO

MON

TUE

WED

THU

FRI

AT

JN

MO

MON

TUE

WED

THU

FRI

SAT

SUN

MEMO

MON

TUE

WED

THU

FRI

SAT

SUN

MEMO

MON

TUE

WED

THU

FRI

AT

UN

EMO

MON

TUE

WED

THU

FRI

SAT

UN

EMO

MON

TUE

WED

THU

FRI

AT

JN

MO

MON

TUE

WED

THU

FRI

AT

JN

MO

MON

TUE

WED

THU

FRI

SAT

SUN

MEMO

MON

TUE

WED

THU

FRI

AT

JN

MO

MON

TUE

WED

THU

FRI

AT

UN

EMO

MON

TUE

WED

THU

FRI

SAT

SUN

MEMO

MON

TUE

WED

THU

FRI

MON

TUE

WED

THU

FRI

MON

TUE

WED

THU

FRI

AT

UN

EMO

MON

TUE

WED

THU

FRI

SAT

UN

EMO

MON

TUE

WED

THU

FRI

SAT

SUN

MEMO

MON

TUE

WED

THU

FRI

AT

UN

EMO

MON

TUE

WED

THU

FRI

AT

UN

EMO

MON

TUE

WED

THU

FRI

AT

UN

EMO

MON

TUE

WED

THU

FRI

AT

UN

EMO

MON

TUE

WED

THU

FRI

SAT

UN

EMO

MON

TUE

WED

THU

FRI

AT

UN

EMO

MON

TUE

WED

THU

FRI

AT

UN

EMO

MON

TUE

WED

THU

FRI

SAT

UN

EMO

MON

TUE

WED

THU

FRI

AT

JN

MO

MON

TUE

WED

THU

FRI

SAT

SUN

MEMO

MON

TUE

WED

THU

FRI

AT

UN

EMO

MON

TUE

WED

THU

FRI

AT

UN

EMO

MON

TUE

WED

THU

FRI

SAT

SUN

MEMO

MON

TUE

WED

THU

FRI

AT

UN

EMO

MON

TUE

WED

THU

FRI

AT

JN

EMO

MON

TUE

WED

THU

FRI

SAT

SUN

MEMO

MON

TUE

WED

THU

FRI

AT

JN

MO

MON

TUE

WED

THU

FRI

SAT

SUN

MEMO

MON

TUE

WED

THU

FRI

SAT

SUN

MEMO

MON

TUE

WED

THU

FRI

AT

UN

EMO

MON

TUE

WED

THU

FRI

SAT

SUN

MEMO

MON

TUE

WED

THU

FRI

AT

UN

EMO

MON

TUE

WED

THU

FRI

AT

UN

EMO

MON

TUE

WED

THU

FRI

SAT

SUN

EMO .

MON

TUE

WED

THU

FRI

AT

UN

EMO

MON

TUE

WED

THU

FRI

AT

UN

EMO

MON

TUE

WED

THU

FRI

AT

UN

EMO

MON

TUE

WED

THU

FRI

AT

UN

EMO

MON

TUE

WED

THU

FRI

MON

TUE

WED

THU

FRI

SAT

SUN

MEMO

MON

TUE

WED

THU

FRI

SAT

SUN

MEMO

MON

TUE

WED

THU

FRI

AT

UN

EMO

MON

TUE

WED

THU

FRI

AT

UN

EMO

MON

TUE

WED

THU

FRI

SAT

SUN

MEMO

MON

TUE

WED

THU

FRI

SUN

MEMO

MON

TUE

WED

THU

FRI

AT

UN

EMO

MON

TUE

WED

THU

FRI

SAT

SUN

MEMO

MON

TUE

WED

THU

FRI

AT

JN

MO

성립 지음

나는 어린 시절부터 세상이 조금 다르게 보였다.
너무도 요란하고 시끄러운 도시에서 자랐지만 굉장히 고요하게 느껴졌다. 혼자 있는 방에 있는 것처럼 고요하다. '백색소음'이라고 하던가. 항상 그 안에 갇혀 있는 느낌이 들었다. 내가 보는 면들을 그림으로 보여주고자 했다. 고요하고 정적인 세상.
사람들은 그 세상 안에 어쩌면 '백색소음' 같은 존재들이다. 보이지만 형체가 없는, 스치지만 촉감이 없는 느낌이다.
나는 그 괴리에서 영감을 받는다.

인스타그램 @seonglib
홈페이지 http://seonglib.com/